642 TINY THINGS TO WRITE ABOUT

# 642件可写的小事

## 怎么写都行

后浪出版公司

San Francisco
Writers' Grotto

美国旧金山写作社 | 著　　杨轲 | 译　　四川文艺出版社

这本小书包含了所有能够扩展思维、消遣度日、激发创造力的原材料。

当然,你还需要一支笔。

玩得开心。

波·布兰森

旧金山成人教育学院

昨天的幸运饼干。它让一切都乱了套。

---

---

---

---

---

去年的幸运饼干。它让一切都顺风顺水。

---

---

---

---

---

| | |
|---|---|
| 用140个字总结莎士比亚最长的戏剧《哈姆雷特》。 | 用140个字总结《星球大战》的情节。 |
| 用140个字讲讲你的故事。 | 用140个字讲讲目前为止你今天的状况。 |

写下四个不同寻常的时刻:

骨折                          伤心

违法                          违背誓言

你的家庭中最古怪的成员,
用一个简短的场景描述一下他或她为何如此古怪。

你无意中群发了一条不经大脑向老板咆哮的信息。现在请写接下来你该怎么在群里圆场吧。

你会选择被流放到哪儿?

---

你会选哪三样必须携带的东西?

回忆一下你的初吻。

---

---

---

描述一下你最近的亲吻。

---

---

---

假想一下你的下一个吻。

---

---

---

你小时候学会的一件事,学习过程讲得详细一点儿。
(例如吹泡泡、游泳、系鞋带、折纸飞机、堆雪人等)

在某个哈萨克斯坦的宴会中,你是贵客。

主人特意为你准备了传统菜肴羊眼。你婉拒了。

之后对方又送来了羊舌,这次你以什么借口拒绝呢?

为一本男士时尚杂志描述你本人的外貌特征。

写出开头第一句。

---

为一本商务杂志描述你本人的外貌特征。

写出开头第一句。

---

你讣告的第一句话。

在咖啡厅或餐厅隔间中坐在你斜对面的男人或女人,
昨晚梦见了什么?

----

----

----

----

此刻你正对枪口。袭击者告诉你,
你有十秒钟时间让他放弃杀死你的念头。你会说什么?

----

----

----

----

----

想想你生命中那些戏剧性的时刻(一场意外、一次斗争、一份失落)。写下你的回忆。

你被解雇了。

形容一下此刻你听到的办公室窗外传来的街面上的声音。

一天早上你醒来,发现镇上到处粘贴着印有你头像的寻人启事海报。
是谁干的?

---

你失踪之前在什么地方?

---

穿着什么样式的衣服?

2014年，乔治·华盛顿坐在议会席中给妻子写明信片。
他会写什么？

---

假设你是一棵树。有人要砍倒你的时候，
你会想些什么？

你住在云层中。给出三个不往下掉的小贴士。

---

---

---

---

作为一只会说话的吉娃娃,你会怎么和你的主人聊起最近和你生活在一起的那个新生儿?

---

---

---

---

---

你母亲正在网恋。她一个星期有四五天会出去和三个不同的男士会面。她想在你有所耳闻之前就告诉你点儿情况。现在请你试着用她的语言来描述一下这三个男士,她的描述或许会让你感到不愉快。

1.

2.

3.

现在要申请大学啦。试着写一段文字阐释你为什么选择这所历史上有名的黑人学院。

你笔下的人物要进行第一次约会了：

和谁约会？写得奇特些。　　　　　为什么？写得奇特些。

初吻怎么样？写得奇特些。　　　　第二次约会的情况？
　　　　　　　　　　　　　　　　　写得奇特些。

想想你最惨的一次被拒经历。给那个拒绝你的人写一封感谢信。

一种快速传染的病毒让人们变得十分易怒。

你所在的城市中一半的人都被传染了。

这会让生活变得有多糟?

找一张照片,写出照片里没有的东西。

---

---

---

你想和刚才从你旁边走过的男士约会,写一个简单的
线上约会邀请。

---

---

---

用项链标榜自身是一种风潮。你的项链标榜了
你的什么特质?

---

---

---

某件你最珍视的物品改变了你个人的历史。

写下这个故事的情节大纲。

你的伴侣刚刚建议你们彼此都可以秘密地与他人见面。

你觉得你的伴侣在想什么?

---

---

---

---

你把汽车借给了你的朋友,

忘记了汽车里有你不希望被别人看到的东西。

是什么东西呢?

---

---

---

---

一个外国交换生将和你度过一个星期。

你首先想带他去的餐馆是?

---

第一个景点是?

---

第一个见的人是?

辞职信的备注。

---

某人写给另一个人的最后一封信的备注。

我们都喝醉了。

写出冰箱里你从未用过的东西。

---

描述一下你衣橱里从未穿过的T恤。

---

在你的地下室里有什么舍不得扔的东西?

你笔下的主人公如今高三。他每天都穿同一件宽松的衬衫。描述一下这件衬衫。

有些人停车总是挡路,让你没法去扔垃圾。

写一张友善的留言条。

---

写一张愤怒的留言条。

你的第一辆车的样式和关键的细节。

---

---

---

你现在的车的样式和关键细节。

---

---

---

你想设计的车的样式和细节。

---

---

---

你的独唱会的开场白。

---

一个妖怪答应帮你实现三个愿望。

是哪三个?

---

此刻离你最近的那个人在想什么?

巨人希望自己变小的理由。

你有一个模拟老板情绪的应用软件。

这个软件叫什么? 模拟你伴侣情绪的软件叫什么?

模拟你儿女情绪的软件呢? 模拟你母亲情绪的软件呢?

办公室的冰箱上贴了一张同事留下的愤怒的便笺。

---

在一次闪电约会中,他觉得他遇到了真爱,尽管只有六十秒的见面时间。原因是?

你在加油站见到了你的前女友。她告诉你她与丈夫、儿子就要搬到田纳西去了。她9岁大的儿子坐在车里,那孩子或许永远也不会知道你才是他的父亲。坐在车里的小孩现在正在干什么呢?

你做了一个关于"原生家庭最大的危机"的纪录片。

该片在圣丹斯电影节引起了讨论。第一个观众问的问题是:

"是什么激励你讲这个故事?"

写下答案。

第二个问题:

谁为这部电影提供资金?

第三个问题:

电影名是怎么想出来的?

第四个问题:

你的父母看了吗?

| 解释一下为什么美式冰激凌比意式冰激凌好？ | 为什么意式冰激凌比美式冰激凌好？ |
|---|---|
| 为什么咖啡比茶好？ | 为什么茶比咖啡好？ |

办公室的邮箱里收到了一封25年前,你高中初恋男友的信。
信封上的地址是日本大阪。同事们特别想知道里面写了什么。
你会怎么告诉他们?

一个秘密间谍想冒充你生活的各个方面。

写一下指导方法。

用20个字写写你的

第一辆车

---

---

第一份工作

---

---

第一间公寓

---

---

写一个情节,一个人了解到他的朋友失去了意识。

---

某个住在公寓里的人了解到了三件关于公寓住客的令人不安的事。

住在同一栋房子的两个家庭闹心假期的故事情节。

---

你打开了一个没有任何标记的房间，
发现了世界上最神秘的制糖设备。警报开始响起来的时候，
你注意到……

你家那个很古老的农场里有一棵橡树,橡树上绕着一根很粗的铁链。铁链是用来拴什么的?

国家的议员擅自挪用了公款,写一封愤慨的信指责他。

写一封同情的信给他。

快速地探讨一下为什么独立电影比好莱坞的超级大片好。

现在谈谈为什么好莱坞的大片比独立电影好。

因为你协助并参与了一起对抗匪徒的事件,
现在你和你的家庭必须选择: 搬家(搬到哪儿?)

---

新的地方获得新的身份(什么身份?)

向一个孩子解释为什么进化论是错误而可笑的。

---

向一个孩子解释为什么宇宙创造论是错误而可笑的。

---

现在,实事求是地讲讲地球上生命的起源。

用五句话写出你生命的故事。

## 当你的笔下人物怎样时最让人感到吃惊:

左手失去作用。　　　　　　　　　　两条腿都瘫痪。

左脸瘫痪。　　　　　　　　　　　　失明。

**你最爱的作家和音乐家在打棒球赛。**

**描述一下这场比赛。**

你邻居的车道上停了一辆轻型货车。三个细节让你担心某人回到镇上了,未来可能会有麻烦。是哪三个细节?

---

谁回来了?

---

一个意料之外的人从邻居的房子里走出来并开走了那辆车。那人是谁?

作为CEO你现在需要为你们公司某个有缺陷的产品写封道歉信。

奥巴马遇到了马丁·路德·金。

他们会聊什么?

---

比尔·盖茨遇到了肯尼迪。

他们会聊什么?

---

卡尔·萨根遇到了柏拉图。

他们会聊什么?

但丁说:"在生命之旅的中途,我发现自己置身于黑森林中,正确的道路已然失去。"

写下关于你生命诗句的开场白。

你在开车时挂断了某人的电话,给他写个道歉条吧。

| | |
|---|---|
| 不看书,尝试回想一下加缪《局外人》的第一个句子。 | 菲茨杰拉德《了不起的盖茨比》的第一个句子。 |
| 《杀死一只知更鸟》的第一个句子。 | 《华氏451》的第一个句子。 |

你与你的兄弟姐妹们完全不同的三个方面。

---

你与你的兄弟姐妹们完全相同的三个方面。

现在想想你最好的朋友。他今晚非常惊慌地来找你,说他需要做绝望的忏悔。之后他逃跑了,你没法向任何人说起这件事。你认为到底发生了什么?

---

---

---

你最害怕的是?

---

---

---

最接近但也最不可能的事是?

---

---

---

中学时你的头发有什么想对你说的?

---

---

大学的时候你的头发有什么想对你说的?

---

---

现在你的头发有什么想对你说的?

---

---

如果你是个涂鸦艺术家,你的标签是什么?

---

如果你是个说唱歌手,你的艺名是?

你的语音信箱里有一条消息,它会让你的生活发生好的转变。

你的语音信箱里有一条消息,它会让你的生活发生坏的转变。

一神论的牧师被他的女朋友惹恼了。

写下他周日祷告的开场白。

下面几种人桌上的便利贴会写什么：

美国总统

----

----

----

邓布利多

----

----

----

上帝

----

----

----

你最爱你伴侣身体的什么地方?

你最不爱你伴侣身体的什么地方?

回到家,你的另一半和你说:"我们需要谈谈。"
第一个闪现在你脑海中的念头是?

---

下周你就要死了。你必须在家人发现之前
销毁几样东西,是什么东西?

Aloha!你在夏威夷某个只有土著的海岛迷路了。

用你的方式讲述一次晚间打劫,只能使用俚语和与海龟相关的比喻。

你发明出了把水变成金子的机器。

现在你有一分钟向投资人介绍你的机器。

开始吧。

---

你的母亲就要去世了。

你必须向她澄清一个事实……

**你目睹了你最好的朋友的配偶与其他人亲吻。**

**你首先要做的三件事是?**

选择一个你从未去过的国家,解释一下为何选择搬去这个地方。

写下下面这些故事的第一句话：你走在安静的街道上，发现下水道排水沟处躺着一个人。你不确定这个人是活着还是死了。

---

---

---

你跨过那个毫无生机的躯体，
发现在这个身体的下面掉出了一个钱包。

---

---

---

现在，你看见了一把掉出的手枪。

---

---

描述你见过或经历过的最阴森恐怖的事情。

---

想想你最深厚的一段友谊。

你如何能在五分钟之内毁掉它。

想想你曾犯过的最大的错误。

写下你努力弥补或者任由错误发展的情景。

---

找一张你孩童时候的照片。

以孩童的视角写写拍照的那个时刻。

想想今天吧(即便现在还是早晨)。

到目前为止所发生的**最精彩**的事是什么?

---

---

---

---

最让你感到情绪低落的事是什么?

---

---

---

---

---

为你的老板取一个充满想象力的绰号。

---

---

为你最不喜欢的一个人取绰号。

---

---

为你在咖啡馆或公交车上或健身房里
经常见到的一个人取绰号。

---

---

一个你不喜欢的人邀请你一起吃午餐。
你刚刚与自己定下一定要诚实待人的条约。
你该怎么办?

---

在开往机场的路上,你要和男友提出分手。
写一写你会怎么办。

她在城里有了全职工作以后,性格全变了。发生了什么?

一个男人意外地杀死了他的朋友。
写下他的忏悔。

---

一个男人声称他在一场烂醉如泥的醉酒后的打架中杀死了自己的朋友。写下他的忏悔。

---

一个男人杀死了自己的朋友但丝毫没有歉意。
写下他的忏悔。

**你从侄子那完全是悲剧的糟糕婚礼上回来了。**
**你其实感到一种隐秘的快乐,**
**因为婚礼上至少发生了一件有趣的事情。是什么事?**

你是一个酿酒师。

描述一下你定价100美元的这瓶酒。

---

你定价1000美元的酒。

---

5美元的酒。

(对了,它们其实是同一种酒。)

你浏览了一个政府所造的卫星的网页后,就收到了一个陌生人的邮件。邮件里写了什么?

| | |
|---|---|
| 总统在做关于战争的紧急演讲。写下第一个段落。 | 关于副总统死亡的紧急演讲。 |
| 关于经济突然下滑至谷底的紧急演讲。 | 关于总统突然辞职的演讲。 |

圣诞老人的驯鹿分别叫：Dasher（猛冲者），Comet（彗星），Cupid（丘比特），Dancer（跳舞家），Prancer（跳跃），Vixen（雌狐），Donner（荷兰语中的雷），Blitzen（闪电），Fireball（火球），Olive（橄榄），Rudolph（鲁道夫）。重新给它们取名字。

你的舍友周六晚上出去了。有人来敲你们的门,是你舍友的爸爸,他有点喝醉了。出于礼貌,你请他进屋,后来,他企图说服你做某件事。是什么事?

你在网上发起了一个修改太平洋国际日界线的请愿。

---

为了获得投票你需要得到10万个签名。

你如何获得支持？

你与来地球的第一批外星人取得了联系。

他们问你地球上最好的地方是哪儿,你怎么回答?

---

---

---

天体物理学家奈尔·德葛拉司·泰森会怎么说?

---

---

---

滚石乐队成员基思·理查兹会怎么说?

---

---

---

# 表达下面这些意思的最好方式是?

厌烦　　　　　　　　　　　　不舒服

可爱　　　　　　　　　　　　困倦

填空。

有一天,我去_____家吃午饭。她给我做了_____。

我以为吃起来会像_____,但其实却是_____的味道。废话。

---

在这种情况下,你要怎么恭维主厨?

你听说你最爱的那种口味的薯片今后不再供应了。

写一封愤怒的信给制造商。

《弗兰肯斯坦》最佳男演员发表获奖感言。

你打开冰箱,发现有人动过你的冰箱,
里面装满了所有你讨厌吃的东西。是些什么东西?

---

---

---

---

谁干的? 他为什么这样做?

---

---

---

---

你与一帮11岁的同学一起去科学博物馆参观。

在礼品店,你看到一个学生悄悄把一件玩具装进了自己的口袋。

---

设想现在你看到一个男孩摔坏了某样昂贵的商品。

但他将东西放回原处,希望没有人留意。

---

设想你看到同一个男孩捡了其他顾客的钱包。

某个让你或多或少感到精神世界的瞬间。

你的钱包里有一张20美元的账单。

在底部的白边处写着：

---

你的钱包里有一封你祖父写给你父亲的信。

上面写着：

人有失手,马有失蹄。

你因为超速行驶被巡警拦下了。

为了避免罚单,你最好的借口是?

你偷过的东西。

---

你撒过的一个谎。

---

你撒谎骗过的人。

海明威"休假不在办公室"的自动回复是什么样的?

王尔德阅读会的邀请。

你在某个地方待了一整夜,此刻你带着忏悔的心情在高速公路上开车回家。描述一下高速公路尽头的冰面上熹微闪烁的清晨阳光。

| | |
|---|---|
| 用一句话描述春天的味道。 | 用一个词形容冬天的声音。 |
| 用一首五行打油诗写出秋天的感觉。 | 用五个词形容夏天的滋味。 |

用一句话向一个孩子介绍下列电影：

《卡萨布兰卡》　　　　　　　　《大河恋》

《梦幻之地》　　　　　　　　《圣诞怪杰》

在建设新地铁的过程中,发现了一架远古时候的恐龙骨架。描述这恐龙活着时候的样子。

你是一个病态的撒谎者。

给你的朋友写一段自白。

公式： H + 2W = L

什么意思?

---

写下这个情节。你的狗察觉到家里有什么东西不对劲。
你不知道那是什么,而你的狗不会说话。

你回到了童年的故乡。

你最想见的人：

------

------

------


最不想见的人：

------

------

------


你最想再次体验的记忆：

------

------

------

披头士的歌写成说唱歌词。

男孩偷翻母亲的橱柜,在高架子上发现了一个盒子。

他发现里面是_____,写出四种可能发现的东西和不同的结果。

你去参加一个派对,刚走进去,就看到你多年未见(但其实一直渴望重逢)的前任向你走来。

写下你们之间的对话。

你刚接到通知,你必须离开这个国家,一年内不能回来或与其他熟识的人联络。你可以带一个行李箱走。

列出你需要带走的物品清单。

写下面这些奖项的获奖感言:

学术奖

------

------

普利策奖

------

------

诺贝尔和平奖

------

------

| | |
|---|---|
| 我把它埋在后院了。<br>（是什么？） | 我的_____把它挖出来了。<br>（是谁？） |
| 从那时起，它落入了坏人之手。<br>（它去哪儿了？） | 这件事情对我来说，怎么讲，很棘手。<br>（是什么情况？） |

你和你的伴侣离婚了。

回想一下你们的婚礼誓言。

一个必败的教练在他的团队必然输掉大赛前发表了一番鼓舞人心的讲话。

为正在学英语的朋友描述一下"迷幻"这个词。

---

阿布扎比的新年之夜。

---

简单地定义"美"。

少女在看她爸爸电脑的网页记录,吃惊地发现记录里有_____,写出四个网站的名字。

你岳母说要搬过来和你们一起住。

给她回封邮件,告诉她这不是一个好主意。

写出人类登陆火星后第一次与地球沟通的内容。

描述一下地球毁灭后的一天。

你正在录制人类探索外太空时向外星人播放的代表人类的唱片。写出五种你会录制的特别的声音。

---

形容一下第三种声音。别吝惜笔墨。

---

唱片上有一行短短的铭文,除了这些地球之声之外,这是唯一的文字。只有六个字。

为你最爱的食物写一首俳句。

为你最热爱的运动写一首俳句。

你去世之前最后的话。

以一双被偷的袜子为主线写一个故事梗概。

作为老邻居,那棵古老的树能看见什么?

你爸爸在一个摇滚乐队。这个乐队叫什么?

---

---

你自传的题目。

---

---

你觉得自己有什么特别的小智慧?

---

---

找一段你最喜欢的小说。复述一下这个段落，只能用单音节词。

---

为电影《生活多美好》写一个相反的结局。

解释一下你为什么给这家著名的餐厅打了一星,
尽管你根本没在那儿吃过东西。

你是一所优秀大学里的职业咨询师。一个学神经科学的学生告诉你,她想转到艺术专业。在如下情况,你会告诉她什么?

你的职业是引导她回归自己的本专业。

---

---

---

你要做的仅仅是告诉她艺术专业有什么要求。

---

---

---

你爸爸是一个杰出的商业艺术家,他能赚很多钱,但是感到不快乐。

---

---

|  |  |
|---|---|
| 这个游戏是"打电话"。一个瘦瘦的少年开始打电话，他说…… | 但是他烦人的姐姐听见…… |
| 当她把注意力转移到来自南加州的堂妹身上时，她听见…… | 听力不好的爷爷以为她在说…… |

她脖子上缠绕着一个细细的斯皮宁祈祷轮,在小小的尖端下面,祈祷轮的里面,有一个微型的纸卷,上面印刷着……

为奥林匹亚山上众神的盛宴写个菜单。

你是一尊城市公园中的雕像。描述一下你看到的四季。

春                    夏

秋                    冬

年轻夫妻发布了一个寻找代理祖父母的征聘广告。

---

你在迪士尼世界的维斯塔湖湖畔发现了一封瓶中信。

从前,有一个_____的叫蒂尼的摔跤选手。

有一天,当蒂尼在白宫附近_____时,无数_____落在蒂尼的头上。因此,蒂尼再也不_____了。出于同样的原因,没有人去调查了。

写下你的父母如下对你的时刻：

| 管你 | 奖励你 |
|---|---|
| 让你难堪 | 让你骄傲 |

如果你每天能够额外得到一小时时间,这一小时不能用来做平时做的事情(吃饭、睡觉、锻炼、工作、看电视、上网等等),那这一小时你要拿来干什么?

你的死敌得了癌症,给他写一张康复卡。

假设你和下面这些人结婚,写下你的婚礼誓言。

| 你的牙医 | 跟踪你的人 |

| 你的前妻或前夫 | 一个彻头彻尾的陌生人 |

现在是1849年。你是沿俄勒冈小道(美国西进运动中的重要通道)去美国西部的领头人。描述一下你们最先进的武器的安全性能。

有人敲门。访客在售卖什么?

为了生存,对你来说不可或缺的三样工具是?

他们第一次相遇的那家咖啡馆的名字。

为一个发生在你办公室的真人秀节目写一段可能遇到的情况及处理措施。

---

这里是"110",你遇到了什么紧急情况?

橘子的香味让我想起……

---

---

---

---

闻到松胶的气味时,我会想起……

---

---

---

---

你正在往一个深不见底的井里看,描述一下你的反应:

你第一次往井里看时　　　　　　　你绊倒了,然后掉进井里

五分钟后　　　　　　　　　　　　三天后

你儿子让你坐下后告诉你,他同意去当第一批火星移民。

你会?

你正在快速翻阅一册名人的肖像。写下你对他们的印象:

| 乔治·华盛顿 | 匈奴王阿提拉 |
| --- | --- |
| 凯瑟琳大帝 | 拿破仑 |

你在公交车上看见了一个小丑。这让你想起在你还是一个孩子的时候,曾在一个派对上被小丑吓得半死。在下车之前,你有为多年前的自己报仇的机会。你会怎么做?

你今天早餐吃了什么?

写一个制作这种食物的菜单。

---

一场百年世仇是怎么开始的?

在那次你希望永远不曾发生过的对话中,你说……

---

---

---

你第一次和最近一次与情人见面的情况。

---

---

---

在你最想去的地方中,排名第三的是哪里?

---

---

---

与自己的分手信。

---

---

你个人宣言的五个关键词。

---

---

你最喜欢自己的哪个手指? 是食指、拇指还是小指?

---

---

和你同样名字的人长什么样?

他如何做事?

如果有一个小时的时间可以穿越时空回到上周,

你要干什么?

你正负责一个面向在迈阿密的古巴妇女的信贷计划。

你发现你的老板为自己贷了款。写下你与他对质时的对话。

填空并继续发挥。

一个颇受欢迎的新生男孩在学校里看到他讨厌的姐姐穿着他最喜爱的球员的夹克。当他们在走廊相遇的时候,_____。

---

今天我和我的小孩去了动物园。我们看到了_____和_____,但_____只出现了一会儿!直到我们听见_____我们才_____。

现在是一月份。你把儿子节日里获得的小狗送人了。

为什么？　　　　　　　　你怎么和儿子或所有人说的？

后来发生了什么特别　　　后来发生了什么特别

奇怪的事？　　　　　　　逗趣的事？

你最喜欢的童话故事中的房屋（歌剧《汉泽尔与格蕾太尔》里的姜饼屋、蓝胡子城堡之类的）现在开始出售了。为这个房子写一个真实的零售清单上的描述。

为你丢失了的、最喜欢的乐队的最后一张专辑写唱片每页说明。

---

重新为你喜欢的五本书命名。

---

重新为五个星座命名。

当地的教育委员会做了些惹恼你的事。

发生了什么?

---

桌上有一张留言条,上面有好多血。

发生了什么?

用一段文字告诉我们,
最近发生了什么让你感到惊喜的事。

---

用Facebook广播的形式告诉我们。

---

现在用140个字告诉我们。

写下你与父母,学校纪律,老师或法律有争执的时期。
用主观的观点和角度。

你将在幼儿园毕业典礼上发表讲话,写出核心言论。

有一天早上,你跑去找在小学时欺负你的人。

基本的寒暄以后,你却感到迷茫了。你要说什么呢?

---

现在有一种新的干净的饮食准则。

解释一下为什么浆果可以吃,但香蕉和苹果就不行。

解释一下"嫁祸于思想"。

---

---

---

定义"无信仰"。

---

---

---

命名五种发型。

---

---

---

星巴克,这个被称为全球化标志的连锁咖啡店,是从小说《白鲸》(Moby-Dick)中来的。它以小说中船大副的名字命名。虚构另一个从小说中来的品牌。

四海之内皆兄弟。这是中国古代小说《水浒传》中的话。里面的英雄有_____。虚构四个英雄的名字,并描述他们的能力。

在披头士原型理论中,四人组合总是会像披头士四人组一样有不同的个性,又各司其职。描述一下披头士四人组的个性和角色。

| 约翰的个性 | 保罗的个性 |
| --- | --- |
| 乔治的个性 | 林戈的个性 |

描述对你来说最完美的工作,
尽管它可能不存在。

------

------

------

写给魔鬼的富有同情心的卡片。

------

------

------

你最习以为常的过敏反应。

------

------

------

写写关于破产的事。

为以"是的,他戴着结婚戒指,但我也戴了"为开头的小说写接下来的一句话。

安装搜索软件时的五行妙语。

在白宫的洗浴室涂鸦。

你最后一餐的菜单。

英国的科学家使两百年前荷兰商人在去好望角的途中收集的种子发芽了。尽管科学家们已经识别出了好几种植物,但有一种植物仍然非常神秘,必须得在它开花的时候才能识别。描述一下这种花,并给它命名。

你声称自己病了,却去了裸体温泉。结果你撞上了老板。描述一下这个场景。

五条证明上帝存在的细节。

---

至少用28个字像一个_____的外星人般描述地球。

---

列出信用卡声明条目中有关配偶连带责任的条款。

从今天的报纸上挑一个故事。明天,这个故事将发生大逆转。
发生了什么?

---

随机地选一个你不知道的外语单词或句子,
尝试翻译。

在这个世界上,当你18岁时,你要给某个你注定要遇到并认识的人寄信。这个人是?你遇到了什么?发生了什么?

在混沌理论中,细微的改变可以引起巨大的变化,远方的蝴蝶振翅可以引起海啸。用这个句式阐释蝴蝶效应:
如果我赶上了更早的公交车,那么_____。

---

---

---

---

---

填空并继续发挥。我正在讨论公交时,
突然看见_____,他正在_____。

---

---

---

---

船突然翻后,她只能顺水漂流,然后就被吸入了一个漩涡,两分钟后仍无法逃脱。在死亡的门前,她听到一个声音。后来水流松开了她。从那时候起,她的生活完全变了。

她所听到的声音说了什么?

双胞胎小的时候很好玩,现在长大了,特别讨厌总被贴上双胞胎的标签。主人公和他双胞胎兄弟间最大的不同是?

你的爱人设计了一个完美的浪漫之夜。

他是怎么设计的?

---

完美的食物?

---

完美的结束?

你是一个正要迈出太空舱,踏出登陆遥远星球第一步的宇航员。你会向地球发送什么激动的话语?

20世纪最好吃的小吃。

---

未来最好吃的小吃。

---

发明一种新的饮料并为它命名。

给杂志的编辑部写一封信。

讲讲为什么他们设置的"给编辑写信"栏目应该被取消。

出于某种政治阴谋,美国不存在了。

现在有何不同?

有何相同?

你20岁,你看见80岁的自己正在夏威夷的海滩上。

关于性与感情,你有四个问题要问80岁的自己。

是什么问题?

你是狂欢节上的杂技演员。

描述一下你的招牌动作叫什么,是什么样的。

---

"_____!"当她和她的_____跳过_____时,她喊道。

---

为橡皮筋写一行广告。

你活在标签中的一天。

---

她的肤色和那天的状况有关。当她＿＿＿＿时……

---

你创建了一个在银河系中寻找伴侣的网站,
你将如何命名它?

你需要炒掉你们公司的CEO。她执行能力很强,但做事不灵活。写一封辞退信。你会怎么表达?

后来怎么样了?诚实地写下答案。

由于你的肥皂不见了,你发展出了一套涉及多个国家和个人的阴谋论。

描述一下食物。

你的父母让你吃过的最糟糕的食物是什么?

---

---

你记忆中最美妙的一餐。

---

---

如果生命的最后你只能选择一种食物,你会选什么?

---

---

你高中二年级数学老师穿过什么衣服?

---

---

---

英语老师呢?

---

---

---

生物老师呢?

---

---

---

你是一个古罗马人。在维苏威火山（意大利西南部）喷发两周后，你来到了庞贝古城进行冒险。你目睹了人们纷纷回乡……

大城市里出现了一种新的(荒诞的)食物风潮。是什么风潮呢?为这种招牌菜写一个菜单介绍。

你孩童时期最喜欢的冰激凌口味是?

为什么?

---

---

---

现在呢?

---

---

---

你一直想创造出什么口味的冰激凌?

---

---

---

你的信箱里收到了一张你十年内没有联系过的人寄来的明信片。上面写着什么?

如果电视台开除了他们的首席主持而雇用一个诗人,今天的天气预报会是什么样的?

为你假想出的自传写书评。

想一想运动中的动物——鸟、猫或者马,描述一下它是怎么运动的。一步一步地描写。

你——或者你创造出的人物与伴侣一起坐飞机。

你们的关系已经破裂了。你看见了你的前任情人,或你以前喜欢过的人。

他看起来很棒。你们的眼神相会时,你意识到你们仍彼此吸引。

你的伴侣起身去了卫生间,给你的前任写一张留言条吧。

超级杯空中散发奖券时,你获奖了。
奖券上有什么内容?

---

为你今天获得的平凡成就嘉奖。

---

原声还原出你遇到幽灵时的情况。

为你新建立的游戏中的"小岛"起草"岛上公约"的开头。

---

---

---

邪恶的巫婆坚决主张"交出桃乐西",她怎么说?

---

---

---

在法官判决之前,你有什么要向法庭说的?

---

---

---

1962年,披头士联系迪卡唱片公司想出唱片的时候,迪卡公司不看好披头士。给披头士的经纪人布莱恩·爱泼斯坦写一封拒绝信。

去除文身的专家做了什么梦?

---

为一种新的指甲油取名字。

---

你想为动物王国增添什么新的生物?

你对不该动心的人动心了。描述一下他或她，
描述中投射着你对自我的嫌恶，否定和内心的斗争。

鉴于家庭关系的原因,耶鲁大学MBA毕业生最终到格鲁吉亚农村经营起了一个养殖场。描述一下他与他雇员的"年度总结"回忆。

填空,并继续发挥。

在来世,我希望成为_____。

---

马克·吐温邀你挑战填字游戏,你写对了两个字,第三个卡住了。

这个字是?

---

创建一个新的政府机构。

从政府名称的首字母缩写开始吧。

你的伴侣改变了观念。
他突然开始……

---

应该为新手父母准备的提醒标签是?

---

你参观医院的情况。

**你是世界憋气冠军。你可以憋气六分半钟。**
**你如何有这个能力的？现在怎么样？**

这个故事的第一个句子是:"现在是午夜时分,前门大大地开着。"写出下一句。

---

完成这个句子,并继续发挥。

那是我记忆中收到的第一份礼物,它是_____。

你无意中打开了邻居的信箱,
发现了什么?

---

描述一个孩子的手。

---

描述你童年的圣诞树。

你刚刚犯下了一项滔天大罪。你从一个在海边散步的人手里抢来了一个胖且可爱的婴儿。当时你完全是一时冲动。现在你冷静下来了,需要做出艰难的选择。你接下来会做什么?

你的双脚带你去过很多地方。

给它们写一封感谢信。

---

---

---

---

---

你的双手为你做过很多事。

现在给它们写一封感谢信。

---

---

---

---

---

乘坐公共马车的乘客安全指导卡。

---

---

---

---

---

乘坐时光机的乘客安全指导卡。

---

---

---

---

---

你是如何发现世界上不存在圣诞老人的?

---

你是一只果蝇,但有着正常人类的大脑与思维。
你的生命只有二十四小时。在你如此短暂而微不足道的一生中,
你的必做之事清单上有什么?

某人被当成另外一个人后,索性打算假装成别人了。
写写他这时的观点和想法。

你的狗或者猫经营着一个组织机构。
写下它的组织口号。

---

写下四个朋克乐队的名字。

---

你在排水沟里发现了什么?

一夜情之后,床头柜上留下的留言条。

---

打开一个井盖。你看见了?

---

写出丢失的字母:
_ow _uch _ood __ould a _ood_uck _uck if a _ood_uck __ould _uck _ood.

你被选中可以去参加首次飞向火星的旅程。

这是一次单程旅行,有去无回。

给你的家人写封告别信吧。

你最经常提的建议是? 几乎不提的呢?

---

转录你的狗的想法。

---

一款鸡尾酒是以你的名字命名的。它叫什么?

一个女人的公寓被盗了,警察没有任何线索。

几个月后,她去了父母家,发现了自己丢失的东西和_____。

后面发生了什么呢?

海豚总是在游动。当它们在游动时,一半大脑还能睡觉。假设人类有这种技能,你会因此做什么样的梦呢?

**你意识到自己陷入爱情的第一个信号。**

---

---

---

---


**你意识到自己不再爱对方的第一个信号。**

---

---

---

---

给一个总是带来负能量的朋友写封绝交信。

---

---

---

你觉得自己擅长接吻的那个瞬间。

---

---

---

为你最爱的系列运动创造三个新的工作岗位。

---

---

---

你从"大洋国"跨越边境到"欧亚国"去。

在海关你看到了一条标语。

你想起自己可能不符合入境要求。

描述一下你的心理过程。

一个在人群中丢了孩子之人的观点。

------

------

------


发明属于你的网络表情包。

------

------

------


填空：如果我有金刚钻，我就_____。

------

------

------

你站在近乎荒凉的空旷海滩上。

一只不知道从哪儿出现的狗向你跑来,并开始拉扯你的袖子。

你会怎么做?

在德黑兰火车站,你钻进了一辆出租车。

司机问你:"美国人怎么看美国是世界上的老大这件事?"

你怎么回答?

1987年的购物市场里,最受欢迎的食物是?

莎士比亚有一条金鱼。金鱼的名字是?

你最不喜欢的词语。

写出某人从来没有对你做出过的最细微的亲近的行为。

你孩童时期最渴望得到,但一直没有得到的玩具是什么?

红酒还是白酒。为什么?

你到纽约探望朋友之后,惊异地发现自己和亨利·基辛格在同一个电梯里。电梯紧急停电五分钟。

写下当时的情景和对话。

你最喜爱的慈善机构将会给你五百万美元。

但首先你得说明这笔钱给得值。

你的朋友以一个非常糟糕的发型亮相了。

你会说什么?

---

---

用你所知道的所有形容词形容一下黑色。

---

---

用你所知道的所有形容词形容一下白色。

---

---

在你去世之前,你最想做的事情的清单上,排名第一的是什么?

---

---

---

你的墓志铭。

---

---

---

你正在设计T恤,上面会写什么呢?

---

---

---

时光旅行已经十分成熟之后,你与本杰明·富兰克林一起进行横贯大陆的飞行。这是他第一次坐飞机。描述一下你们登机和下飞机的情形。(他有一个大大的行李。)

搜索一下威廉·卡洛斯·威廉斯的诗《红色手推车》。
现在为你窗外能看见的某样东西写首诗。

---

你已经出版了四本小说,它们分别献给了你生命中最重要的四个人。
为第五个人写一段献词吧。

**你被邀请参加热气球旅行。**

**为什么你会答应呢?**

---

---

**你为什么会拒绝?**

---

---

**当你从邻居家花园上空飘过的时候,你看到了什么?**

---

---

为下面这些事情制作问候卡片,封面和卡片里面都要设计哦。

离婚　　　　　　　　　　　　　丢失宠物

变性手术　　　　　　　　　　　中彩票

为你刚刚认领的星星取个名字。

---

---

第一次约会:电话亭、餐桌或是柜台?

---

---

你所在城市的下一条街道将以一个人的名字命名。
为他写下一句话的论证。

---

---

你刚刚中奖了,于是你辞掉了自己讨厌的工作。
你的老板对你非常刻薄。写下你的辞职信吧。

---

你意识到你记错了号码,你根本就没得奖。
现在你又需要之前的那份工作了,写一封信给你的老板吧。

用140个字广播一下《白鲸》。

形容一下红色。

信鸽为儿子带来了从未谋面的父亲写的纸条。

写一下你在星巴克点的餐。

---

介绍一下你最爱的人身上从未得到赏识的某一方面。

---

你和奥巴马是老朋友了。给他发个短信。

你是学前班的老师。你的学生想参加一个私立幼儿园发起的项目,为他写一封推荐信。

---

代替私立幼儿园写一封项目申请退稿信的模板。

你四年级时罗马圆形大剧场模型没有完成,写一封道歉信给你的老师,并解释一下为什么那时你没有完成。

---

给一个母亲写封信,解释一下为什么她四年级孩子的罗马大剧场模型没有在学校的展览里出现。

为你的单身母亲打个私人广告吧。

---

用上帝的观点发条微博。

---

你如何为五个人分一块蛋糕?

你母亲最常给你的建议是?

___

你父亲最常给你的建议是?

一个女人被她的老板安排到了公司在另一个城市的分部。
工作岗位不变,但新城市让她感到非常兴奋。她之前在什么城市,又将搬到什么城市呢?

---

是什么让她的生活变得更好了?

你的女儿在国家展览馆上看到了某样让她十分不舒服的东西。
她看到了什么呢?

你是怎么告诉她的?

为一个不在当地学校任职的研究拉丁美洲的教授虚构一个网络用户名和密码。

---

一个背景设置在华尔街的粗制滥造的电视剧需要一个名字。

---

三种另外的方式表达"oh shit!"

他为什么离家出走?

不使用狠毒的语言,写一句咒骂的话。

他用谎言欺骗了她,某个词语出卖了他。
这个词是?

邻居心爱的猫死了。你如何表达哀悼之情?

---

---

---

---

如果你很讨厌你的邻居,你又将如何表达哀悼之情呢?

---

---

---

---

如果你可以向过去的自己传达一条智慧的经验，你会传达什么呢？

---

---

---

---

---

如果你可以对未来一万年后的人说一句话，你会说什么？

---

---

---

---

---

你因为邻居的行为报了警。

他做了什么?

---

---

你会为自己取什么名字?

---

---

一个字形容你今天的心情。

---

---

把你最喜欢的书改编成儿童短篇故事,重写一下情节。

---

你因为在市政厅乱写乱画而被逮捕。

那个导致你身陷监狱的词语是_____。

---

把赫尔曼·麦尔维尔(美国作家)送到了21世纪。

他最喜欢写的体裁是超短型小说。他会写什么?

假如你的工作正好是你的爱好。描述一下你的工作状态。

---

---

---

---

---

假如你的工作仅仅是谋生的手段。描述一下你的工作状态。

---

---

---

---

---

是什么事件逼迫你想移民到其他星球?

---

---

---

---

你怎么去那个星球?

---

---

---

---

---

用一个词形容一下你想投入自我的心情。

---

你爸爸就要退休了。写一首五行诗向他致敬。

---

为一张一定会被疯狂传播的猫咪照片取个标题。

现在是2045年。描述一下月球上的街景。

---

现在是2018年。
星期六你最后一次见到自己的喷气式背包是在哪儿?

写一段话。每一个句子都不能超过三个字。

形容一下春天雨水的味道。

你最后一次见到某个逝去的亲人的情形。

为全是松树皮做的早餐写一条广告。

---

现在,写一条商品召回启事。

你最近为了支持某个观点列举了什么事实?

提出你的质疑。

---

---

---

现在你脑子里在幻想着什么?

---

---

你朋友发明了一种婴儿背带,你猜它大约会叫_____。

她觉得这并不好笑。

---

---

---

大番茄还是小番茄?为什么?

---

用两个字形容你今天的风格。

---

百万富翁在太平洋的某个岛上新组建了一个国家。
这件事情存在争议。你的切入点是什么?

一群幼儿园的孩子问你关于幸福与成功的生活的秘密。
你会怎么告诉他们?

---

那么你自己是这样生活的吗?

你是一个坚定的素食主义者。一个电视真人秀制作人邀请你去做一个在茹丝葵烘焙坊吃牛排的节目,你将得到十万美元。你会如何回应他?

描述一下你认为最理想的沐浴时水温的变化。

你是一个外星人类学家。你伪装自己造访了地球。

描述一下你第一次参观这些地方时的情况：

拉斯维加斯

观看日本相扑比赛

大运河游客中心

动物救助站

你所能想到的最好的工作是什么?

你能胜任这份工作的原因。

---

你所想到的最差的工作。你担任这个职务的原因。

你要缝进结婚礼服里的一段话。

---

粗鲁的不合时宜的哀悼信。

---

偷看邻居家的窗户。你注意到了什么?

为你内心中着实不想舍弃的某样东西打个广告。

去外面走走,你注意到的第三样东西是?

祖父床下的鞋盒里放了什么东西?

为某种令人印象深刻的,能够改正不良姿势的药打个广告。

这种药的副作用。

在美国,交通部门主管着时区。你感觉有必要增加一个新的时区。这个时区在哪里?怎么称呼?

高中时你们班投票选出的最受欢迎的女孩,现在去哪儿了?

高中时你们班投票选出的拥有最好看眼睛的男孩现在去哪儿了?

你觉得应该繁育出,但其实不存在的猫或狗是什么样的。

---

你讨厌的人的绰号。

---

白色加长版豪华轿车的车贴。

你正走在人行道上,一个司机边按手机边倾斜地冲向你。

会有两种结局:

1.

2.

为一个没有见过物理学字典的少年描述一下什么是物理学字典吧。

为丹尼尔·韦伯斯特悲伤的鬼魂描述一下什么是"拼写检查"。

想想你在国外旅行时所发生的某件事。用你本国的思维和视角讲讲这件事。

你正在读伟大的祖父写的战争日记,一页纸从日记里掉了出来。上面是你祖父所写的一行字。写着:

如果你必须从自己所拥有的所有东西中挑一件,来代表你的余生,你会挑什么? 简单写几个句子介绍一下这件东西。

---

你在街上走时几乎没有看路,一辆公交车轰鸣着驶过,差点撞到你。你脑子里闪现出什么东西?

写下一个母亲和她将死的孩子之间的对话。

重写"白色圣诞节"或其他圣诞节的歌,比如说光明节之歌。

为你所能想象的最糟糕的旅游胜地写一个引人入胜的市场宣传。

---

你在一家大型快餐连锁店工作,你必须把一种比萨风味水售卖给大众。你将如何销售?

你是一个内心情感十分丰富,但社交时不会表达的人。
你想和你的未婚妻/未婚夫取消婚约。用诚挚的语言发短信告诉他/她这件事。只能写160个字。

用五行打油诗的形式写写现在世界上发生的严肃的事件。

你必须当着800人的面采访苹果公司的现任CEO。
在一通客气话之后,你要问的第一个真正的问题是?

---

一个男人独自一人住在一栋大房子里。餐厅里只有一把椅子,他只有一套银餐具。他平时会和谁见面?

| | |
|---|---|
| 为一幅充满想象力的画作写博物馆陈列标签,任何时代的画作都行。 | 假如你是该画家的超级粉丝,这个陈列标签该怎么写。 |
| 假如你是一个正在申请终身职位的傲慢的学者。 | 假如你是那个画家被抛弃的情人。 |

你母亲为你唱的一首歌。请写下歌词。

你希望你的前任能够回答的四个问题。

你没有勇气出版的那本书中的第一句或第一段话。

---

某个用沉默投票的人物的观点。

从2015年开始,美国的首要货币兑换政策认为,物物交换应该取代货币交换。写出三条理由。

---

写出一首电视剧主题歌的第一句歌词。然后,将这句歌词中的字词挨个替换掉(动词替换动词,名词替换名词,诸如此类)。把它写成黑暗和令人不安的风格。

一辆崭新的保时捷跑车被人抛弃在荒无人烟的高速公路上,你会……

---

一个已婚男人和你最亲密的朋友发展了一段无法回头的婚外恋。给那个男人的妻子写一封匿名信,写下第一句话。

为你的前任写一段讣告。

描述一下吃某种你最喜欢的谷物时你的感觉。
不要用形容词。

你出生那年的某个新闻标题。

---

---

---

上个星期的某个新闻标题。

---

---

---

二十年后的某个新闻标题。

---

---

---

一个少女拒绝与同她一起生活的母亲说话,已经三年了。

终于,有一天,她跑到母亲的床前,说……

---

在某个婚礼上你所说的祝酒词。你隐秘绝望地爱着那个新娘。

明信片来了。它寄自十一年前。上面写着……

你偷走了竞争对手大学的毕业荣誉奖杯,随便写写这事吧。

总统的情妇和你同名同姓。某天你的社交网络上突然多了很多关注者。你会在社交网络上发什么呀?

------

------

------

今天晚上你将出席一个大型的筹资活动。嘉宾名牌是必须的,你的名牌会写什么?

------

------

------

三天之内关于你的丑闻越来越夸张了。
你会做什么,或去什么地方呢?

------

------

------

一分钱的长篇自传将以下面这段话作为结束。

---

你是某个在警车上夜间巡视的警察。

你的某个线人发短信要求和你见面。短信内容是:

你笔下那53岁的主人公仍然记得她小时候家中的电话号码。

电话号码是:

----

----

----

----

----

你从你最喜欢的那本书里学到了什么?

----

----

----

----

----

忽略你真正的出生地,你感觉你是从哪儿来的?

8岁的你需要学习关于鸟和蜜蜂的事。

写下你学到的头三个句子。

填空并继续发挥。

"我真的想多吃点_____。"

---

在你所生活的这个世界上,每个人都会在前额上文一个词。
你会选哪个词?

---

你想创作的路标是什么样子的?

你准备从动物保护站收养一条黑色的、身上有一道白纹的狗。
写下五个备用的名字。

---

街角开了一家咖啡馆。咖啡杯上印的令人难忘的标语是?

如果某人把你最喜欢的衣服给弄缩水了,会发生什么?

写写关于裁员的事。

回想一下你在公共场合丢脸的一件事。

你有一分钟的时间,私下与美国总统会面。你会和他说什么?

你被人拿枪指着。你会对袭击你的人说什么?

在高中同学聚会上,一个女人在吧台前要酒时发现了她曾经戏弄过的一个男人,并且_____。描述四种结果。

你刚刚找到了一个十分中意的公寓。但有很多与你竞争的租客。写几句话给房东,说明一下为什么你是天底下最好的租客。

挑一部你看过的最糟糕的电影,
并写一篇特别正面,极其浮夸的影评。

---

一封令人振奋、十分精彩的圣诞家庭信,
出自一个新年愿望是在夏天离婚的人。

描述一种新奇的,新手妈妈加入某协会的入会仪式。

---

加入一个读书俱乐部的入会仪式。

---

加入国家俱乐部的入会仪式。

为你的故乡创造一个传奇。

----

创造一种看起来很可信的迷信。

为三明治写一封悼词,一边发表悼词一边吃掉它。

想象一下下面的人在什么地方，在干什么？各写三句话。

你童年时的最爱。　　　　　　　　　　童年时的死对头。

你最爱的幼儿看护。　　　　　　　　　你的第一个老师。

如果你可以在意念中"改变"一个认识的人,你会"改变"谁?

---

用描述餐厅主菜那种炫耀性的风格写一个招聘启事。

---

最近刚离婚的女人在她的锁骨上文了三个字。

晚宴时你突然间记不起任何非专有名词了。

为自己开脱一下，不要引起过度的注意。

一个逝去的人所发的推文。

为《拉斯维加斯往事》写一条宣传语。

虚构一个设定在美洲殖民地的英雄人物。

**有人为你设计了一个博物馆,描述一下其中的一个展览。**

---

**写写墙上的标记。**

你看见一个人在遛一种大的动物,看起来像狗,又有点像猪。

你会说什么?

---

给你70岁的老阿姨写一个网络相亲文案。

她收集胡梅尔微型雕像,跳萨尔莎舞,用你母亲的话说,

她是一头真正的美洲狮。

图书在版编目（CIP）数据

642 件可写的小事：怎么写都行 / 美国旧金山写作
社著；杨轲译 . -- 成都：四川文艺出版社，2020.6（2024.8 重印）
ISBN 978-7-5411-5496-6

Ⅰ . ①6… Ⅱ . ①美… ②杨… Ⅲ . ①文学写作学
Ⅳ . ①I04

中国版本图书馆 CIP 数据核字 (2020) 第 038252 号

642 TINY THINGS TO WRITE ABOUT
Copyright © 2015 by Chronicle Books LLC
First published in English by Chronicle Books LLC, San Francisco, California.
This edition arranged with CHRONICLE BOOKS
through Big Apple Agency, Inc., Labuan, Malaysia.
Simplified Chinese translation copyright © 2020 by Ginkgo (Beijing) Book Co., Ltd.
All rights reserved.

版权登记号：图进字 21-2019-395 号

642 JIAN KE XIE DE XIAO SHI

# 642 件可写的小事
# 怎么写都行

美国旧金山写作社 著

杨轲 译

| | | | |
|---|---|---|---|
| 出品人 | 冯 静 | | |
| 选题策划 | 后浪出版公司 | 出版统筹 | 吴兴元 |
| 编辑统筹 | 王 頔 | 责任编辑 | 宋 玥 |
| 特约编辑 | 张 怡 | 营销推广 | ONEBOOK |
| 装帧制造 | 墨白空间·肖 雅 | 责任校对 | 段 敏 |

出版发行　四川文艺出版社（成都市锦江区三色路 238 号）
网　　址　www.scwys.com
电　　话　028-86361781（编辑部）

印　　刷　北京盛通印刷股份有限公司
成品尺寸　105mm × 135mm　　　　　　开　本　64 开
印　　张　4.75　　　　　　　　　　　 字　数　80 千字
版　　次　2020 年 6 月第一版　　　　　印　次　2024 年 8 月第二十一次印刷
书　　号　ISBN 978-7-5411-5496-6
定　　价　39.80 元

后浪出版咨询（北京）有限责任公司　版权所有，侵权必究
投诉信箱：editor@hinabook.com　　fawu@hinabook.com
未经许可，不得以任何方式复制或者抄袭本书部分或全部内容
本书若有印、装质量问题，请与本公司联系调换，电话 010-64072833

## 《642件可写的事》

副 标 题：停不下来的创意冒险

作　　者：美国旧金山写作社
译　　者：徐阳
出版年：2019-2
页　　数：304
定　　价：55.00元
装　　帧：平装
ＩＳＢＮ：9787541148828

---

每个人都需要的创意笔记

颠覆传统写作方式，怎么写都可以的减压利器！

想表达，不知道如何下笔？

想倾诉，找不到可靠的秘密"树洞"？

大脑"宕机"时，焦虑悲伤时，需要一个温暖的文字避难所？

这就是你需要的创意笔记

没有写作时限，没有字数要求，没有体裁限制

轻松游戏，放肆表达，想怎么写就怎么写！

## 《642幅可画的画》

副 标 题：怎么画都行

作　　者：美国编年出版社
译　　者：徐阳
出 版 年：2019-8
页　　数：304
定　　价：55.00元
装　　帧：平装
Ｉ Ｓ Ｂ Ｎ：9787535687302

---

☆手账爱好者、涂鸦控、插画师必备的创作笔记

☆可以收藏、可以分享的DIY画册

★羡慕别人提笔就画，你却"手残"只能冒充"灵魂画手"？

别担心！想怎么画就怎么画，

零基础菜鸟也可以尽情享受绘画的乐趣！

★"艺术小宇宙"爆发时想马上挥毫泼墨，环顾四周却不知从何下笔？

看这里！

642个随时可画、随时可秀的绘画主题，天马行空任你发挥！

★焦虑难安时拒绝看书写字，只想彻底放空，

让自己一点一点松弛下来？

沉浸到这个充满奇思妙想的世界中来吧，体验让你开心减压的艺术SPA！